想象另一种可能

理
想
国

imaginist

设计诗

The Designing Wordsmith

朱赢椿

Zhu Yingchun

广西师范大学出版社

·桂林·

The Designing Wordsmith

01 序
Preface

......

:

"......"

?

......

Contents

录 　　　　　　　　　　　　　　　　　　　　　　Contents

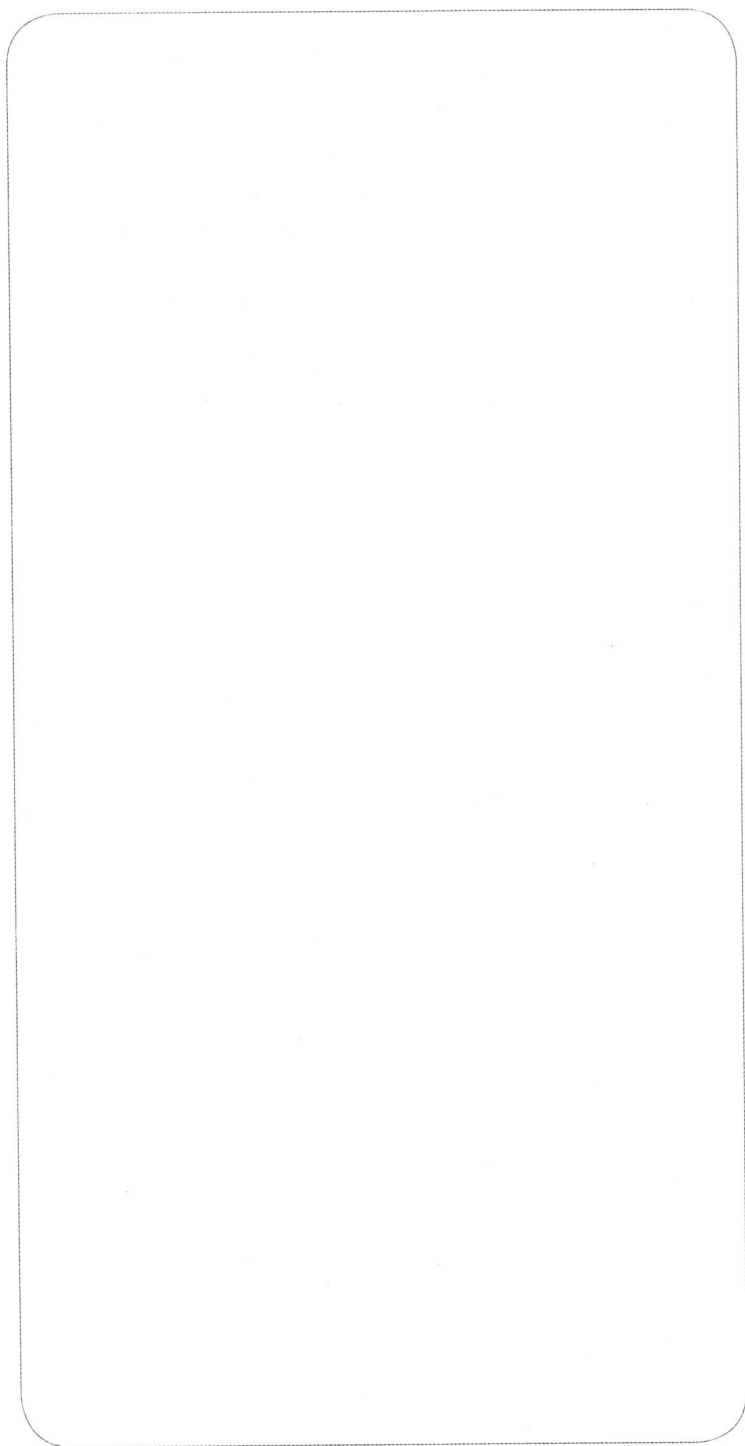

开始

Start......

02 镜子里的我
Me in the Mirror

好久未见

我对着镜子里的妹

端详

我

左眼角多了一道皱纹

妹

右眼角多了一道皱纹

无恙

04 小蜜蜂
The Little Bee

门窗紧闭

从哪里进来的

小蜜蜂

一整个下午

都在撞击窗上的玻璃

碰碰

嗡嗡

碰碰

嗡嗡

嗡嗡 碰碰

碰 碰碰

碰碰 碰

碰 碰

碰 碰碰

碰 碰

嗡 碰

碰 嗡 碰 嗡

嗡

嗡 嗡 碰

碰

嗡 碰

小蜜蜂

汤太咸了

The Soup Is Too Salty

汤太咸了　要淡点

汤太咸了　再淡点

汤太咸了　再淡点

汤太咸了　再淡点

汤太淡了　要咸点

Nothing to See here

我知道你很想看清左边的字

其实并没有什么特别的意思

猜不出就请看右下角的提示

别好奇了，如果真的想知道答案，请看左下角

10   秋风
Autumn Wind

庭院空空

叶舞秋风

金叶

紫叶

蓝叶

黑叶

灰叶

黄叶

红叶

各不同

12 "非"非虫

"非" Is Not an Insect

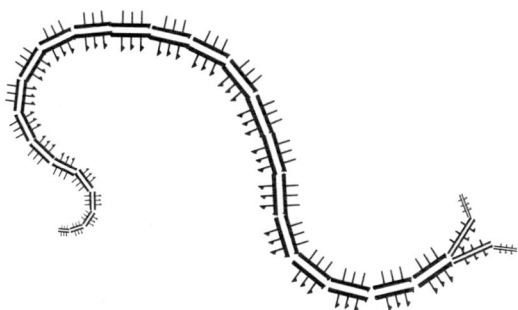

不要紧张，不必惶恐

它在《现代汉语词典》393 页倒数第 24 行

"非"非虫

"非非非非 ......"形为虫

14 一夜无眠的诗人

The Poet Who Hasn't Slept the Whole Night

明月升
诗兴起

明 月 对 心 归 万 里
万 里 归 心 对 月 明

仄 仄 平 平 平 仄 仄
仄 仄 平 平 仄 仄 平

平还是仄
仄还是平

一 夜 无 眠
········

16 **我睡得很死**

I Slept Real Tight

我睡得很死

我睡得很死

我真的睡得很死

猫："喵"

我
真
的不想起

我真的享受睡得很死

我
真
的不想起

猫："喵"

我睡得很死

我睡得很死 猫："喵"

我真的享受睡得很死
猫："喵"

我睡得很死

猫："喵"

猫："喵"

猫

18　流星与野狗

The Shooting Star and the Wild Dog

一颗闪亮的流星在漆黑的夜空划过长长的弧线然后消失在不远的山上

野
一只四处流浪的狗一动不动地站在笔直的地平线上向村庄张望

20 我和我

Me and Me

明明记得

昨天晚上它和自己睡在一起

可早上醒来时

却发现

已不在 我的身边

我

花与蝶

The Flower and the Butterfly

无风

花一动不动

白色蝴蝶

飞入

白色花丛

男孩

寻蝶至花园

花 花 花 花 花 花 花 花 花 花 花 花 花 花 花
花 花 花 花 花 花 花 花 花 花 花 花 花 花 花
花 花 花 花 花 花 花 花 花 花 花 花 花 花 花
花 花 花 花 花 花 花 花 花 花 花 花 花 花 花
花 花 花 花 花 花 花 花 花 花 花 花 花 花 花
花 花 花 花 花 花 花 花 花 花 花 花 花 花 花
花 花 花 花 花 花 花 花 花 花 花 花 蝶 花
花 花 花 花 花 花 花 花 花 花 花 花 花 花
花 花 花 花 花 花 花 花 花 花 花 花 花 花
花 花 花 花 花 花 花 花 花 花 花 花 花 花
花 花 花 花 花 花 花 花 花 花 花 花 花 花

从南到北

由西到东

未见

蝴蝶影踪

24 **钥匙丢了**

The Key Is Lost

钥匙丢了

我在口袋里找我的钥匙

我在包里找我的钥匙

我在被子里找我的钥匙

我在枕头下找我的钥匙

我在床底找我的钥匙

我在厕所找我的钥匙

我在洗衣机里找我的钥匙

我在垃圾桶里找我的钥匙

找到了

钥匙一直在我手里

26 口舌

Mouth and Tongue

口
你管不住

祸
会让你发怵

舌
你看不牢

乱
会给你困扰

28 婚前婚后的人

A Person Before and After Marriage

前年

我一个人生活

人 像神仙一样快活的 人

去年

我两个人生活

从 此变成另一个人的随 从

今年

我三个人生活

众 人只把我当成最忠实的听 众

30 两颗心

Two Hearts

心 ┈┈┈┈┈┈→　　　←┈┈┈┈┈ 心

心 ┈┈┈┈→←┈┈┈┈ 心

心心

恋

恋

恋

心　　　心

一小时车程
A One Hour Bus Ride

初恋那一天，我送你去车站，我牵着你的手，默默无语一小时的车程

分手那一天，我送你去车站，我背对你的背，

犬不语一小时的车程

34 向往自由的鱼
The Fish Who Dreams of Freedom

鱼……

在　　　　　由
缸　　　　　自
里　　　　　的
一天到晚向往着外面

鱼

有　　　　　由
一　　　　　自
天　　　　　找
从缸里跳到缸外要寻

却　　　　　由
发　　　　　自
现　　　　　的
是适合鸟儿不适合鱼

是否留意过

Have You Ever Noticed

来感受你的鼻尖到这一页纸的距离

来留意你的鼻尖到这张纸之间有什么东西

一呼一吸　　一呼一吸
⊙
一呼一吸　　一呼一吸

你是否对空气心存过感激

?

38 客车上遭劫的人

The Person Who Was Robbed on the Bus

人昏睡 车在开， 钱 在身上不懈怠

人昏睡 车在开， 饯 已少了一两块

人惊醒 车在开， 伐 已少了三四块

人站起 车在开， 戋 又少了五六块

人跳起 车停下， 𢦏 在手上挥两下 "要么把钱还给俺，要么吃俺一刀"

人昏睡 车又开， 钱 又多了两三块

40 桌上的果子

Fruits on the Table

桌上的果子还有多少个？

数一数

你就随便拿一个！

果果果
果果果果
果果果果

一 二 三 四 五
六 七 八 九 十

别总盯着最大的那一个！

42 **窗里与窗外**

Inside and Outside the Window

列车飞驰

窗外

~~青山~~ ~~绿树~~ ~~老牛~~ ~~农夫~~

窗里

我与时间

共处

44 刹那花开
The Flower Blossoms and Fades Away

花 苞起

花 蕊现

花 瓣打开

花 正艳

一阵风来 ⺊⺀丅⺊ 满地

46 空中惊魂

Startled in the Sky

窗　外　晴　空　万　里

飞　机　在　平　稳　飞　行

有　人　喝　咖　啡

有　人　打　游　戏

有　人　拿　出　镜　子　和　眉　笔

一阵颠簸，一阵晃动 有人头晕 有人呕吐

紧急出口指示灯亮起

氧气面罩垂落在每个人的面前

有人抱着绝望地恐惧

死亡好像就在隔壁

一阵死样的沉寂　颠簸渐渐平息

有　人　默　默　祷　告

有　人　喃　喃　念　经

对　佛　祖　和　神　感　激　涕　零

窗　外　晴　空　万　里

飞　机　在　平　稳　飞　行

最　后　一　排　的　两　个　人

为　刚　才　洒　在　身　上　的　咖　啡

争　吵　不　息

48 出口
The Exit

警报拉响

狭窄的

出口

人挤人

没有一个人出得去

The Thoughts

难以束缚的是

52 我的帽子
My Hats

我有一顶帽子

红
帽
子

我每天戴着红帽子

我有两顶帽子

红　　　黑
帽　　　帽
子　　　子

我今天戴红帽子，不，黑帽子

我有三顶帽子

红　黑　白
帽　帽　帽
子　子　子

我想戴着白帽子，嗯，红帽子
还是黑帽子，不，还是白帽子

我有四顶帽子

红　黑　白　蓝
帽　帽　帽　帽
子　子　子　子

我对着四顶帽子，红帽子太艳，黑帽子太沉闷，
白帽子容易脏，蓝帽子太冷清，今天不想戴帽子

54　牙掉了

The Teeth Have Fallen Out

小时候吃糖蛀掉了牙

没关系

还会再长的

牙牙牙牙牙　牙牙　牙牙

牙　　　牙

年轻的时候忙忙碌碌咬紧牙

没关系

会有时间吃糖的

牙牙牙牙牙牙牙牙牙牙

年老的时候渐渐掉光了牙

没关系

终于可以随便吃糖了

牙牙　牙

牙牙

牙

牙

牙　　牙　　牙

牙

我让整个世界颤抖

I Make the Whole World Tremble

昨晚

我 一声吼

终于让 天 翻

让 地 覆

让整个 世界

在我面前颤抖

凭什么

酒

58 蜻蜓

The Dragonfly

水平如镜　蜻蜓　在照自己

秋风乍起

忘留一块皱巴巴的玻璃

60 距离

The Distance

春天
太阳温暖大地
咬破长夜的蝴蝶
在太阳下晾干翅膀，懵懂地飞向花海，去吮吸第一滴花蜜
夏天的太阳炙烤大地，知了在树上声嘶力竭
池塘里的水很快蒸发成空气，小鱼儿已奄奄一息
蜗牛被太阳逼到墙角不吃不喝屏住呼吸
蜻蜓在太阳下点水嬉戏
秋天，太阳普照大地，阳光糅合着桂花的气息
金色的葵花绽开笑脸向太阳鞠躬致意
冬天的太阳照耀大地，阳光刺眼却清冷无力
白雪皑皑，冰封千里
肚子干瘪垂头丧气的野狗，拖着自己沉重而长长的影子，步履蹒跚有气无力，恨不得拿自己充饥
太阳依旧是太阳，大地依旧是大地
赞美或者诅咒
取决于
和太阳之间的
距离

厕所
Toilet

嘈杂的餐厅

刺耳的乐曲

上菜，倒酒

飘来一股异味

转过头

恍然大悟，发现令人讨厌的两个字 ·······

陌生的街道

拥挤的人流

夹紧腿，捂着小腹

寻着一股异味

转过头

谢天谢地，终于看到救命的两个字

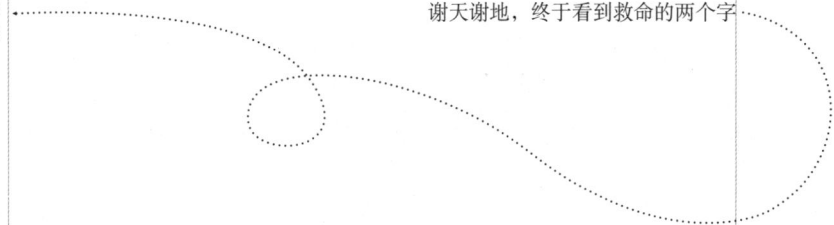

厕所

TOILET

T TOILET

TOILET

TOILET

64　停电了

The Power is Out

听不了就不听

看不见就不看

你能否心如止水

过一个夜晚

66 梦的开关

The Switch of Dreams

眼睛睁开，梦被惊扰，缩成一团

梦梦梦梦梦梦梦梦
梦　　　　　梦
梦　　　　　梦
梦　　　　　梦
梦梦梦梦梦梦梦梦

梦

梦

梦　　　梦

眼睛闭上，梦被打开，洒了一地

梦　　梦

梦　　梦

梦

彩虹
The Rainbow

雨后，天边出现一道彩虹，画家说：彩虹啊，我要把你糅进我的颜料里，画一幅世界最绚烂的风景，让梵高嫉妒，让毕加索汗颜，无论他们如何调色，终无法获取如此鲜艳的色彩，让愿意永远凝望。

雨后，天边出现一道彩虹，诗人说：彩虹啊，今年的七月初七，你是我的七色音阶，我要以你为彩练，舞动起最美的弧线，让全世界最热烈的爱恋，让愿意永远。

雨后，天边出现一道彩虹，音乐家说：彩虹啊，我要用你谱写一首最壮美的乐曲，深情地讴歌，无论他们如何弹奏，让愿意。

雨后，天边出现一道彩虹，舞蹈家说：彩虹啊，舞动起最美的弧线，让全世界最热烈的爱恋，让愿意。

雨后，天边出现一道彩虹，运动员说：彩虹啊，如果我能跨过你，是不是能够赢得全世界最热烈的掌声，让愿意。

雨后，天边出现一道彩虹，摄影师说：彩虹啊，我真想把你的五彩斑斓凝固成永远的图像，在一定意义上。

雨后，天边出现一道彩虹，科学家说：彩虹啊，我知道红色光弯曲度最大，橙色和黄色次之，而绿色。

雨后，天边出现一道彩虹，农夫说：雨总算停了

不要总是看这里

Don't Always Look Over Here

也不要直勾勾地盯着这里想入非非……不要说我丰满不要夸我美丽……说穿了也就是脂肪而已……

请你不要总是盯着我这里直勾勾转睛垂涎欲滴……

春夜读《春》

Reading *Spring* on a Spring Night

春夜深

坐等夜归人

点起灯

读一本书解困

盼望着，盼望着，东风来了，春天的脚步近了。一切都像刚睡醒的样子，欣欣然张开了眼。山朗润起来了，水长起来了，太阳的脸红起来了。小草偷偷地从土里钻出来，嫩嫩的，绿绿的。园子里，田野里，瞧去，一大片一大片满是的。坐着，躺着，打两个滚，踢几脚球，赛几趟跑，捉几回迷藏。风轻悄悄的，草软绵绵的。

"啪"

74 读完这本书的时候
After Reading This Book

当你读完这几个字的时候　你的生命少了一秒　当你读完这首诗的时候　你的生命少了几十秒　当你读完这本书的时候　你的生命已经少了好多秒……

不惋惜　不懊恼

过去的已过去　未来的还未来

当下最好

76 后记
Afterword

!

我写完了

后面两页纸归你了

请你来做设计诗
Be your own
Wordsmith

作者简介

The Information of Author

○─○
‥
⌐

略

‥‥‥‥‥

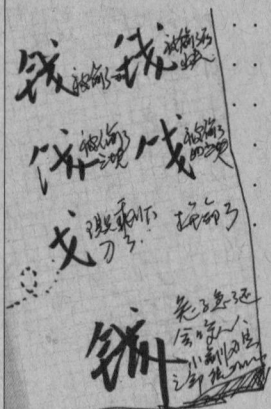

纸片上的设计诗手稿

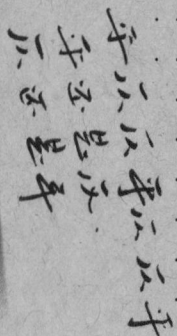

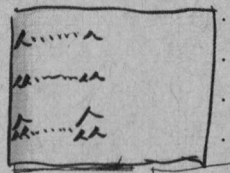

便利贴上的设计诗手稿

信封上的设计诗手稿

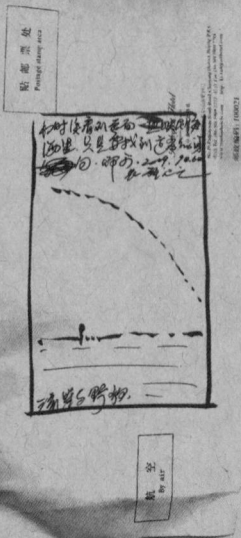

信封上的设计诗手稿

纸片上的设计诗手稿

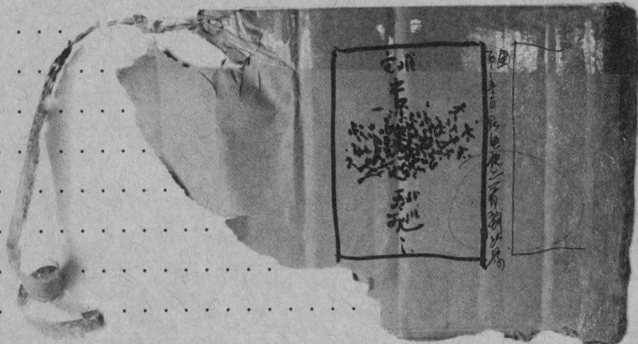

· 瓦楞纸片上的设计诗手稿 ·

· 火车票上的设计诗手稿 ·

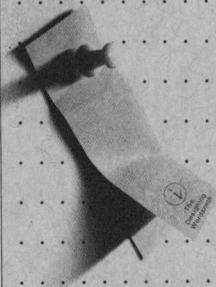

· 便利贴上的设计诗手稿 ·

· 信纸上的设计诗手稿 ·

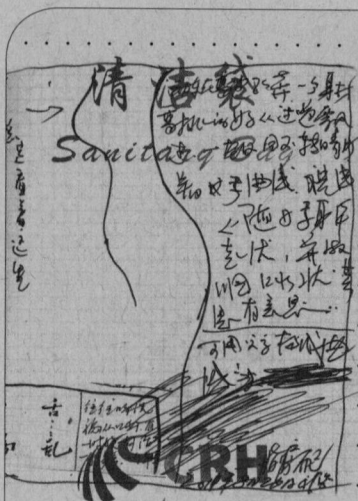

清洁袋上的设计诗手稿

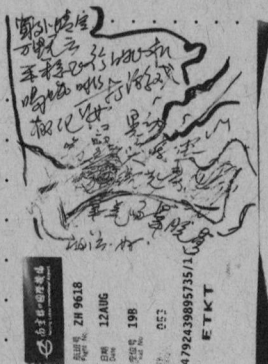

登机牌上的设计诗手稿

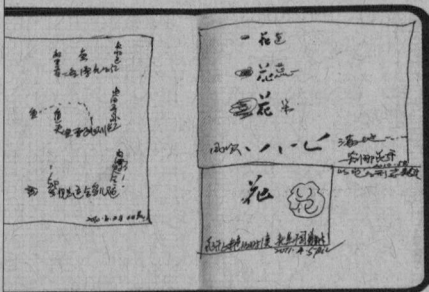

记事本上的设计诗手稿

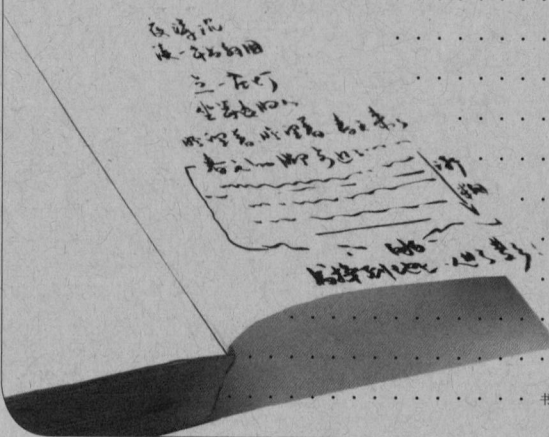

书籍封底上的设计诗手稿

卷纸上的设计诗手稿

便利贴上的设计诗手稿

纸片上的设计诗手稿

信封上的设计诗手稿

图书在版编目(CIP)数据

设计诗 / 朱赢椿著 . — 桂林 : 广西师范大学出版社，
2011.9（2022.7 重印）
ISBN 978−7−5495−0788−7

Ⅰ.①设… Ⅱ.①朱… Ⅲ.①诗集−中国−当代
Ⅳ.① I227

中国版本图书馆 CIP 数据核字 (2011) 第 174081 号

广西师范大学出版社出版发行

　广西桂林市五里店路9号　邮政编码: 541004
　网址: www.bbtpress.com

出版人: 黄轩庄
全国新华书店经销
发行热线: 010−64284815
山东韵杰文化科技有限公司

开本: 889mm × 1194mm　1/24
印张: 3.5　字数: 3.768千字
2011年11月第1版　2022年7月第32次印刷
定价: 49.00元

如发现印装质量问题，影响阅读，请与出版社发行部门联系调换。